This is the first letter of the alphabet.

You draw some more **a**s.

---

a is for **a**pples.

Draw some **a**pples in the trees.

---

a

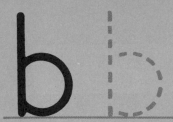

b is for **b**alls and **b**oys.

Draw a **b**all for each **b**oy.

C

C is for **c**andles and **c**ake.

How old are you?

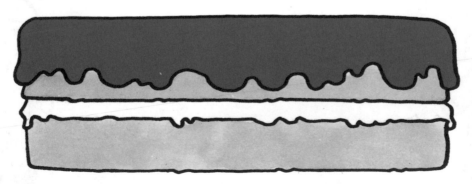

Draw the right number of **candles** on your **cake**.

a b c

d

d is for **d**oll. She lives in a **d**oll's house.

Draw a house for these **d**olls.

a b c d

e

e is for **e**gg.

Draw an **e**gg on each plate.

a b c d e

f is for **f**aces.

Draw a sad **f**ace and a happy **f**ace.

a b c d e f

g

You draw some more **g**s.

g is for **g**oat and **g**ate.

Draw a **g**ate and colour the **g**oat.

a b c d e f g

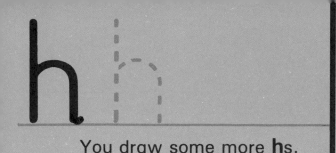

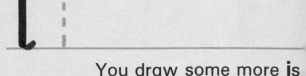

h is for **h**at.

i is for **i**nsects.

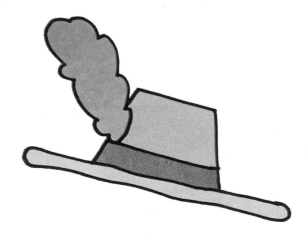

Draw a **h**at which
you would like
to wear.

A ladybird is
an **i**nsect
Colour it red.

a b c d e f g h i

j

j is for **j**am and **j**am **j**ar.

Draw a different coloured **jam** in each **jar**.

a b c d e f g h i j

k k

k is for **k**ite.

Draw a **k**ite for the boy and the girl.

a b c d e f g h i j k

l is for **l**emons and **l**ollipops.

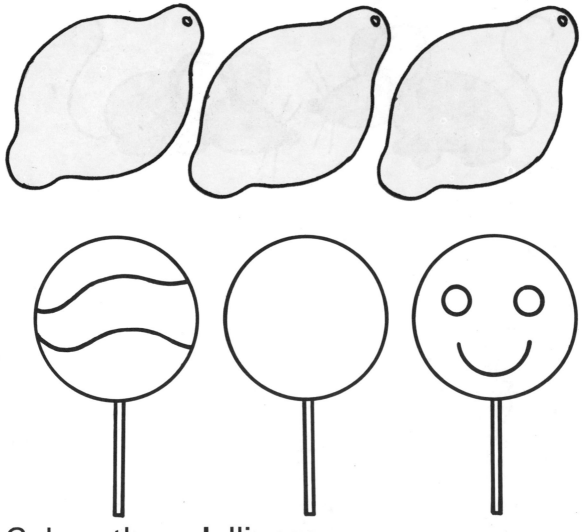

Colour these lollipops.

a b c d e f g h i j k l

m

You draw some more **ms**.

m is for **m**ice.

Some parts of these pictures are missing.
Draw them and colour the **mice**.

a b c d e f g h i j k l m

n n

You draw some more **n**s.

n is for **n**urses.

The teddy needs a **n**urse.
Can you draw one?

a b c d e f g h i j k l m n

 **O**

You draw some more **O**s.

O is for **O**ctopus.

How many legs has the **O**ctopus?
Draw them and colour your **O**ctopus.

a b c d e f g h i j k l m n o

p

You draw some more **p**s.

p is for **p**enguins.

Here is a **p**ool for **p**enguins.
Draw a **p**enguin in the **p**ool.

a b c d e f g h i j k l m n o p

q

You draw some more **q**s.

q is for **q**ueen.

These **q**ueens have lost their crowns.
You draw them.

a b c d e f g h i j k l m n o p q

r r

r is for **r**ainbow.

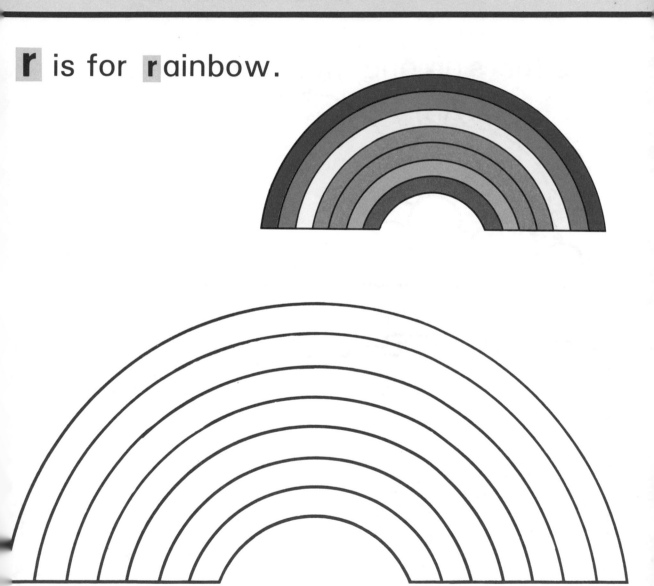

You colour a **r**ainbow.

a b c d e f g h i j k l m n o p q r

S s

You draw some more **s**s.

S is for **s**un and **s**and and **s**ea.

Draw a big **s**andcastle.

a b c d e f g h i j k l m n o p q r s

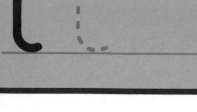

t is for **t**igers
on **t**elevision.

Draw something you like to watch
on **t**elevision.

a b c d e f g h i j k l m n o p q r s **t**

u U

You draw some more **u**s.

V V

You draw some more **v**s

u is for **u**mbrella.

It is raining.
Draw an **u**mbrella
for the lady.

V is for **v**iolin.

What is missing
on this **v**iolin?

a b c d e f g h i j k l m n o p q r s t u v

W

W is for **w**atch.

Some numerals on this **watch** are missing.
You draw them.

a b c d e f g h i j k l m n o p q r s t u v w

x X

y y

X is not often first in a word.

bo **x**

fo **x**

Draw a ring round each **x**.

y is for **y**ellow.

Draw a **y**ellow sun and moon.

a b c d e f g h i j k l m n o p q r s t u v w x y

Z z

You draw some more **z**s.

Z is for **z**ebra.

Draw some stripes on this **zebra**.

Here are all **26** letters of the alphabet.

a b c d e f g h i j k l m n o p q r s t u v w x y z

What is your name?
Ask a grown-up to write it here.

_____

Now copy your name here.

_____

_____